GUÍA DE LECTURA

Escrita por Anne Delandmeter
Traducida por Tamara Montes Blanco

El Paraíso de las Damas

de Émile Zola

ÉMILE ZOLA

ESCRITOR Y PERIODISTA FRANCÉS

- **Nacido en 1840 en París (Francia)**
- **Fallecido en 1902 en la misma ciudad**
- **Algunas de sus obras:**
    - *Naná* (1880), novela
    - *El Paraíso de las Damas* (1883), novela
    - *Germinal* (1885), novela

Nacido en 1840 y fallecido en 1902, Émile Zola es considerado uno de los mejores novelistas del siglo XIX en Francia. Es principalmente reconocido como líder del movimiento naturalista, que intenta aplicar a la literatura los métodos científicos experimentales de la época: desde la observación de lo real, Zola emite una hipótesis y la verifica por medio de la experimentación en sus obras. El ciclo novelesco de los *Rougon-Macquart*, la principal obra del autor, se utiliza para ilustrar esta estética. Este fresco de veinte libros conocerá un gran éxito a pesar del gran número de críticas.

Zola es igualmente célebre por sus posicionamientos, a menudo fuentes de condena. El más notorio concierne al caso Dreyfus, en el que su panfleto *Yo acuso* (1898) contribuyó en gran medida a un feliz final en el proceso del capitán Dreyfus.

EL PARAÍSO DE LAS DAMAS

UNA NOVELA TESTIGO DEL AUGE DEL CAPITALISMO

- **Género:** novela
- **Edición de referencia:** Zola, Émile. 2010. *El Paraíso de las Damas*. Traducido por María Teresa Gallego y Amaya García. Barcelona: Debolsillo
- **Primera edición:** 1885
- **Temáticas:** naturalismo, éxito, capitalismo, era industrial, comercio

El Paraíso de las Damas, publicada en 1883, es parte de una serie de veinte novelas, *Los Rougon-Macquart*, que lleva como subtítulo *Historia natural y social de una familia bajo el Segundo Imperio*. Esta obra cuenta la ascensión social de una familia tras el golpe de estado de Napoleón III en 1851. Algunas de estas novelas, escritas entre 1871 y 1893, son *La taberna*, *Naná* y *Germinal*. Las obras se pueden leer por separado y en el orden que el lector desee.

El Paraíso de las Damas es el undécimo tomo del ciclo novelesco. Cuenta a la vez cómo la ampliación de unos almacenes lleva a la ruina a los pequeños comerciantes y cómo nace el amor entre Octave Mouret, ya presente en *Miseria humana* (1882), propietario de los almacenes, y una vendedora, Denise. La novela tuvo una acogida favorable entre el público de la época.

CAPÍTULO 1

Tras la muerte de sus padres, Denise, una joven de veinte años, llega con sus dos hermanos a casa de su tío Baudu, en París. La seduce el lujo de los grandes almacenes situados frente a la casa: El Paraíso de las Damas. Estos almacenes contrastan con la tienda de su tío. Baudu no puede acoger a Denise como había prometido, pero El Paraíso de las Damas necesita contratar gente para la sección de confección. Denise decide dirigirse hacia ahí al día siguiente, a pesar de su tío que se rebela contra ese «bazar» (Zola 2010, 42) que devora poco a poco el barrio.

CAPÍTULO 2

Denise se presenta en los almacenes a la vez que Deloche, un chico tan tímido como ella. Nadie quiere contratar a la chica excepto Mouret, el jefe, que interviene: ha encontrado en ella una «gracia oculta» (Zola 2010, 90). Denise cree haberse enamorado de Hutin, un vendedor.

CAPÍTULO 3

La señora Desforges, una amante de Mouret, invita al té del sábado al barón Hartmann, director del Crédito Inmobiliario, a Mouret y a algunas burguesas. Estas últimas, que están seducidas por los almacenes, aprecian mucho a Mouret. Quiere que el barón le ceda inmuebles para agrandar su almacén. El barón acepta si las ventas del lunes son un éxito.

CAPÍTULO 4

Denise comienza a trabajar el día de la venta de las novedades de invierno. Las vendedoras la critican y le quitan las ventas importantes, mientras que los vendedores se pelean por atender a los clientes que comprarán más. La multitud de clientes llega por la tarde y los almacenes consiguen la cifra «mayor de cuantas había alcanzado en un único día una tienda de novedades» (Zola 2010, 183).

CAPÍTULO 5

Denise resiste después de ya dos meses, a pesar del cansancio y el odio de las vendedoras hacia ella. Necesita mucho el dinero. Su única amiga, Pauline, le aconseja que se eche un amante para sobrevivir. Un día, fuera de París, Denise se aflige porque ha visto a Hutin con una chica. Después, Deloche le confiesa su amor, pero ella no lo quiere. Vuelve a casa y se encuentra cara a cara con Mouret, que también está enamorado de ella.

CAPÍTULO 6

La llegada de la «temporada baja» (Zola 2010, 234) provoca despidos en masa. Todos los empleados entran en pánico. Corren rumores sobre Denise: toman a uno de sus hermanos por su amante y al otro, por su hijo. Hutin empieza a ser malo con ella. Mouret se entera de que Denise trabaja igualmente en la noche para ganar más dinero. Bourdoncle, encargado de la supervisión general, quiere despedirla, pero Mouret la defiende. Justo después, Denise habla en un rincón de los almacenes con su hermano, al que toman por su amante. Bourdoncle la despide. Mouret se entera de que es su hermano y está furioso por no haber sido consultado previamente sobre este asunto.

CAPÍTULO 7

Denise subalquila una habitación en casa de Bourras, un pequeño comerciante, que la contrata por caridad. Después trabaja como vendedora para Robineau. Este baja el precio de la seda para hacer la competencia a El Paraíso de las Damas. Una guerra de precios estalla entonces entre ambos comerciantes: Robineau pierde, ya que no puede bajar más los suyos. Denise se encuentra con Mouret por la calle: él se excusa por el malentendido tras el que fue despedida.

CAPÍTULO 8

Se construye la calle del Dix-Décembre y las obras en El Paraíso de las Damas tienen lugar día y noche. Geneviève, la hija de Baudu, se entera de que a su prometido Colomban le gusta una vendedora de El Paraíso de las Damas, Clara, y se hunde en la tristeza. Denise se da cuenta de que Robineau ya no puede pagarle y que no se atreve a despedirla, por lo que decide volver a El Paraíso de las Damas. Se entera de que Clara se ha acostado con Mouret, hacia quien siente un «desconocido malestar» (Zola 2010, 345). Informa de ello a Colomban.

CAPÍTULO 9

Durante una «gran exposición de las novedades de verano» (Zola 2010, 352), Mouret tiene nuevas ideas para aumentar las ventas: publicidad, sistema de «devoluciones» si la clienta no está satisfecha con su compra, rápida reposición de mercancía, crear la impresión de aglomeraciones de gente y de agitación en las diferentes secciones. Las vendedoras ahora sí aceptan a Denise.

Celosa de la relación de Clara y Mouret, la señora Desforges se dirige a los almacenes para verla. En el lugar, descubre a su auténtica rival, a la que Mouret mira sin cesar: Denise. Este la nombra ayudante de encargada y comprende que está enamorado de ella. Ella también siente algo por él. Él le ofrece dinero: ella se siente humillada, herida.

CAPÍTULO 10

Denise, rica y apreciada, ha «conquista[do] al personal del departamento» (Zola 2010, 414). Mouret la invita por carta a comer con él. Todos critican a Denise a sus espaldas. Creen que ha obtenido el puesto de asistente acostándose con el jefe. Mouret se reúne con Denise y le declara su amor. Le suplica que cene con él. Ella responde: «Yo no soy una Clara cualquiera, a la que se puede dejar plantada al día siguiente. Y, además, señor Mouret, usted está enamorado de otra persona, de una señora que viene por aquí… Quédese con ella. Yo no soy de las que comparten» (Zola 2010, 449).

CAPÍTULO 11

Para humillar a Denise, la señora Desforges organiza un encuentro en su casa entre Mouret y la joven, a quien ha pedido venir bajo el pretexto de retocar un abrigo. Mouret acepta porque quiere encontrarse con el barón Hartmann por negocios. La señora Desforges le pide que se reúnan en su habitación para confrontarlo con Denise y, «disfruta[ndo] al rebajar a la joven a aquella tarea de sirvienta» (Zola 2010, 477), la trata con desprecio. Mouret defiende a la vendedora.

CAPÍTULO 12

El «reinado de Denise» (Zola 2010, 494) comienza. Todos la respetan, pero corren rumores sobre las relaciones que tendría con Deloche. Mouret sufre cada vez más el rechazo de Denise. Los almacenes se amplían otra vez y se dice que «sus empleados habrían podido ahora poblar una ciudad pequeña» (Zola 2010, 505).

Mouret encuentra a Deloche y a Denise juntos y piensa que son amantes. Le suplica a Denise que se explique. Ella aún lo rechaza. Mouret la nombra encargada de la ropa para niños. Pauline informa a Denise de que todos piensan que resiste a Mouret para que él le pida matrimonio. Denise, entonces, decide marcharse.

CAPÍTULO 13

Geneviève, abandonada por Colomban, cae enferma y muere. Su entierro aparece como una manifestación contra

El Paraíso de las Damas. Robineau intenta suicidarse; la señora Baudu muere de pena; Bourras es expulsado; Baudu cierra la tienda. A pesar de estas desgracias, Denise piensa que «la salud del París del mañana precisaba de aquel estiércol de desdichas» (Zola 2010, 561) y está aún más enamorada de Mouret.

CAPÍTULO 14

El día de la gran venta blanca, los almacenes están llenos de gente. Mouret piensa que Denise deja los almacenes para reunirse con un amante, mientras que en realidad va a descansar en Valognes por los rumores que corren sobre ella.

Mouret, que pensaba que casarse por segunda vez traería mala suerte a los almacenes («la interposición de una mujer modificaba el entorno y su aroma expulsaba a las demás», Zola 2010, 601), pide matrimonio a Denise. Ella le dice que lo quiere y se va para Valognes, donde él irá a buscarla «para traerla de nuevo a París, cogida de su brazo» (Zola 2010, 645).

ESTUDIO DE LOS PERSONAJES

DENISE BAUDU

Es el personaje principal de la historia en relación con el que todos los demás se definen. Denise, cuyos padres están muertos, es una chica simple de provincias que ha venido a París con sus dos hermanos, de los que se ocupa como una madre y por los que sacrifica todo. Sin dinero, espera encontrar refugio con su tío en la capital. Este no la puede acoger, por lo que se ve obligada a trabajar para los grandes almacenes de Mouret. Es virtuosa, de una gran rectitud moral y no acepta tener un amante, aunque le repitan que «todas las mujeres acababan así, pues, en París, les resultaba imposible vivir de su trabajo» (Zola 2010, 281).

Denise es el personaje que más evoluciona a lo largo de toda la novela:

- físicamente: primero se la presenta como escuchimizada, con una melena rubia espesa mal peinada y el rostro triste. Las vendedoras la llaman la «mal peinada». Después, todos están de acuerdo en que le ven encanto;
- según va pasando la historia, obtiene un nivel de vida y un estatus mejores. Pasa de simple vendedora a encargada de sección. Sin embargo, desde el principio, tiene confianza en el porvenir.

Al comienzo de la novela, cree estar enamorada del vendedor Hutin, pero se pone nerviosa cada vez que está en presencia de Mouret. Se da cuenta de que está enamorada de su jefe.

Sin embargo, está feliz con su soltería y no quiere casarse. «Si se empecinaba, era por instinto de felicidad, para satisfacer su necesidad de una vida sosegada, y no por respeto de unos virtuosos principios» (Zola 2010, 526). Representa el desquite de la mujer. En la novela, varias personas anuncian esta venganza a Mouret: la mujer «le sacará más sangre y más dinero de los que usted le ha chupado a ella» (Zola 2010, 473). A pesar de su fortuna, el jefe no consigue tener a Denise y sufre por ella. El amor no tiene precio, no puede comprar a la mujer que ama.

Denise se sitúa entre dos mundos: el moderno (comparte las ideas de Mouret sobre el comercio) y el tradicional (los pequeños comerciantes, los suyos). Está llena de compasión por quienes le rodean, pero no puede evitar considerar los cambios como positivos. Perfecciona incluso el sistema de Mouret e influye para que mejore las condiciones de trabajo de los empleados.

OCTAVE MOURET

«[D]e forma tan inesperada como inexplicable, logró conquistar a la señora Hédouin» (Zola 2010, 39), por ello y por la riqueza de esta (que muere poco después), se convierte en el único heredero y director de El Paraíso de las Damas. Después seduce a la señora Desforges para poder tratar con uno de sus amantes: el barón Hartmann.

Es un hombre seductor, seguro de sí mismo, profundamente optimista y apasionado («¡[s]i hay que reventar de algo, prefiero hacerlo de pasión que de hastío!», Zola 2010, 484). Considera a la mujer un ser fútil, superficial, un objeto de explotación del que quiere sacar el máximo provecho, hasta que conoce a Denise, de la que se enamora perdidamente.

En los *Rougon-Macquart*, nos encontramos en diversas ocasiones con este tipo de personaje conquistador que quiere alcanzar la grandeza. En cuanto a Mouret, busca extender al máximo su comercio con el fin de ganar todo el dinero posible pero, sobre todo, desea mejorar su sistema, su máquina.

LOS PEQUEÑOS COMERCIANTES

Forman una unidad que se opone a los grandes almacenes, por culpa de los cuales uno tras otro van cayendo en la quiebra. Todos serán víctimas de El Paraíso de las Damas. En varias ocasiones, Denise les propone ceder su comercio a los grandes almacenes, pero todos se niegan. Esta depende de ellos: llega primero a casa de su tío Baudu; después trabaja para Bourras, quien la contrata por caridad, aunque no tiene ni dinero ni trabajo para darle, y a continuación para Robineau, antes de volver a El Paraíso de las Damas.

Según va creciendo El Paraíso de las Damas, la situación de los comerciantes de los alrededores se agrava. La familia Baudu es un ejemplo de ello. Geneviève, la hija, muere, víctima de este comercio sin el que Colomban, su prometido, no hubiera conocido a Clara, una vendedora de la que se enamora. La esposa de Baudu fallece de tristeza poco después. Mientras estos pequeños comerciantes se dirigen al entierro de la hija de Baudu, Denise cree oír el «tropel de pasos de un rebaño conducido al matadero, la completa derrota de las tiendas de todo un barrio, el pequeño comercio arrastrando su ruina en pos de sí» (Zola 2010, 555).

LOS CLIENTES

Señora Henriette Desforges

Viuda de un hombre que le ha dejado una fortuna considerable, tiene una discreta relación con el barón Hartmann, que siempre le ha aconsejado. El barón tolera que ella tenga otros amantes. Está locamente enamorada de Mouret. Zola insiste sobre todo en los celos que experimenta por el amor de Mouret hacia Denise. Burguesa elegante, también va a los almacenes a comprar.

Otras clientas

Cada una de las clientas corresponde a un perfil tipo: la que compra poco y no hace más que mirar, la que no puede dejar de gastar dinero, la que roba, etc. Pero todas son superficiales. Sus conversaciones y sus pensamientos conciernen a sus compras y a los almacenes. Corresponden a la idea que tiene Mouret de la mujer y que quiere explotar. Según él, la mujer no puede resistirse a los bajos precios y compra sin necesidad sólo por hacerse con las gangas. Mouret, que les encanta, las halaga constantemente, las manipula, crea una mecánica que «se tragaba» a las mujeres (Zola 2010, 123): «Mouret tenía como única pasión la de imponerse a la mujer. Quería que fuera la reina de su casa, le había construido aquel templo para tenerla a su merced en él» (Zola 2010, 354).

CLAVES DE LECTURA

EL NATURALISMO Y EL PROBLEMA DE LA VEROSIMILITUD

En la época en la que Zola escribe *El Paraíso de las Damas*, se presiente el futuro triunfo de la ciencia. El autor se conforma entonces con esta tendencia con el fin de dar legitimidad a sus novelas: considera la literatura una ciencia más. Además, es el líder del naturalismo y se sitúa «a la vez [como] observador y experimentador»[1] (Belgrand 2000, 15). Estudia los fenómenos que influencian al hombre moderno, como la herencia y el medio.

Así, juega con la verosimilitud. Para evocar su época, en la que aparecen grandes comercios y la era industrial, se documenta, observa e interroga a empleados de almacenes con el fin de apoyar su historia en elementos sólidos y reales.

Las descripciones juegan también un papel importante en la escritura de Zola. La historia está marcada por largas descripciones. Comienzan por generalidades, después se centran en los detalles, como por ejemplo indicaciones sobre los colores. Están repartidas por toda la novela con el fin de no saturar al lector dándole todas las características de El Paraíso de las Damas en una sola vez. Tienen un objetivo concreto: son la «indispensable consolidación de la significación» (Adam-Maillet 2000, 106). Las descripciones sucesivas muestran el éxito creciente de la empresa de Mouret.

---

1. Todas las citas han sido traducidas por ResumenExpress.com

A través de ellas, Zola dibuja la sociedad de su época y la pone en guardia contra las manipulaciones, la publicidad y las tácticas de venta utilizadas por los grandes almacenes.

En *La novela experimental* (1880), Zola explica su papel:

> «Estimamos que el hombre no puede ser separado del medio en el que vive, y que se completa por su traje, por su casa, por su localidad y por su provincia; y desde aquel punto no registraremos un solo fenómeno de su cerebro o de su corazón, sin investigar las causas o la repercusión en el medio en que se agita. De aquí lo que se llama nuestras eternas descripciones» (Zola 1998, 113).

UNA NOVELA OPTIMISTA

Esta novela optimista contrasta con las cuatro novelas precedentes de Zola, muy negras. Puede incluso ser considerada su única novela realmente optimista. Zola la escribe en el momento en el que vive una crisis interior (pasa por numerosas aflicciones). Así, desea exorcizar su dolor y curarse.

La historia cuenta el éxito de Denise así como el de Mouret y el de sus almacenes. El advenimiento de los grandes almacenes, a pesar de la muerte de los pequeños comerciantes, se presenta como ente benéfico para el conjunto de la sociedad. Del mismo modo, Denise y Mouret proponen en diversas ocasiones a los pequeños comerciantes que salgan adelante vendiendo sus comercios y/o trabajando en El Paraíso de las Damas. Son los comerciantes los que se niegan. Además, el final de la novela es feliz para estos dos personajes, ya que Mouret se va a casar con Denise.

La voluntad que tuvo Zola de realizar una novela menos negra podría estar relacionada con el público objetivo de la novela:

> «Esta novela debía dirigirse, en espíritu, a un público esencialmente femenino, y Zola considera que a las mujeres no les gustan los finales trágicos. En eso, es gracioso constatar que él se comporta absolutamente como su héroe: conoce (o cree conocer) la psicología femenina, sabrá por lo tanto dar a este público potencial lo que le gusta, sabe halagarlo, seducirlo... y hacerle comprar» (Adam-Maillet 2000, 63).

GRANDES ALMACENES Y CAPITALISMO

En *El Paraíso de las Damas*, Zola describe la evolución de su época que entra en la era industrial. Él mismo vivió este cambio radical, ya que trabajó para Hachette, que creó la librería de estación, una colección barata que aumenta considerablemente el número de lectores. En esta época, «la literatura ya no es una creación demiúrgica, sino que se convierte en una producción que se pone en circulación en la sociedad, como el dinero que procura, fermento del cambio y de la novedad» (*ib.*).

Para escribir esta novela, Zola se informa muchísimo, pero no hay que considerar todas las descripciones como realistas. El autor se inspira en los grandes almacenes parisinos de su época Le Bon Marché y Les Grands Magasins du Louvre. Esta clase de almacenes aparece hacia 1820. Pero, en la época, los pequeños almacenes coexistían con los grandes, que no les molestaban. La expansión de El Paraíso de las Damas dura cuatro años y medio en la novela, mientras que en la realidad un cambio de este tipo llevaba unos veinte años. Sin embargo, las ideas expuestas por Mouret en el capítulo 9 corresponden a la realidad. Inicia un tipo de venta que corresponde con el sistema capitalista: compra y venta rápidas, publicidad, porcentaje acordado para los empleados sobre sus ventas añadido a su salario, importancia de los mostradores, sistema de «devoluciones», etc.

Los grandes almacenes, presentados como un progreso por Zola, permiten la democratización del lujo. Constituyen «el embrión de las grandes asociaciones obreras del siglo XX» (Zola 2010, 533). Su sistema de venta se opone de este modo al de los pequeños comerciantes que estiman que «[e]l arte no consistía en vender mucho, sino en vender caro» (Zola 2010, 42). Estos últimos acabarán devorados por los grandes almacenes. Para ellos, la dignidad del comercio está «comprometida» (Zola 2010, 42), por culpa de este «ogro», este «monstruo» que no cesa de crecer. Sin embargo, los grandes almacenes modifican enormemente el trabajo. Los empleados, que viven en un «ajetreo perpetuo» (Zola 2010, 71), no son más que instrumentos de la «gigantesca maquinaria» (Zola 2010, 501) y solo se humanizan en el exterior, donde pueden vivir sus relaciones y vida de familia.

En el transcurso de la novela, los pequeños comercios aparecen cada vez más sombríos, fríos, evocadores de sótanos y prisiones, mientras que los grandes almacenes están caracterizados cada vez más positivamente: son coloridos, modernos, imponentes, alegres y llenos de vida. Del mismo modo, se convierten en el nuevo lugar de culto en una sociedad moderna sin dios. El bazar reemplaza a las iglesias: «La mujer acudía a su establecimiento a pasar las horas ociosas [...] que antes vivía en lo hondo de las capillas» (Zola 2010, 637).

OPOSICIONES Y DARWINISMO

En sus novelas, Zola opone a menudo dos medios en el interior de los cuales crea «personajes contrastados» (Belgrand 2000, 7). Aquí, confronta por un lado a los pequeños comercios con El Paraíso de las Damas y, por otro lado, a los pequeños comerciantes (como Baudu) con Mouret en una lucha por ganar clientes.

En el interior de estos mundos, los conflictos aparecen igualmente:

- Mouret se distingue de Vallagnosc, un viejo condiscípulo que da una visión pesimista del mundo, manifestando la miseria, la mediocridad y la inutilidad de la existencia. Por el contrario, Mouret le dice: «¡Pues claro que me divierto! ¡Incluso cuando algo me sale mal, porque entonces me pongo furioso al ver que las cosas no van como yo quiero! Soy un hombre apasionado, no puedo tomarme la vida con tranquilidad, y por eso me parece tan interesante, supongo» (Zola 2010, 107);
- en el seno mismo de los grandes almacenes, existe una rivalidad entre las secciones, los vendedores y las clientas;
- finalmente, dos personajes femeninos se diferencian y se oponen en cada uno de estos mundos: Denise, delicada joven, pobre, trabajadora y mal peinada, y la señora Desforges, mujer distinguida que vive en el lujo.

- Zola retoma la teoría de la selección natural que Darwin (naturalista inglés, 1809-1882) expone en El origen de las especies (1859). Las especies luchan constantemente hasta la muerte del más débil, del inadaptado (aquí, los pequeños comerciantes). Esto es lo que ilustra este pensamiento de Denise: ella sufre la miseria de los suyos, pero del mismo modo es «consciente de que se trataba de algo beneficioso, la salud del París del mañana precisaba de aquel estiércol de desdichas» (Zola 2010, 561).

PISTAS PARA LA REFLEXIÓN

ALGUNAS PREGUNTAS PARA PROFUNDIZAR EN SU REFLEXIÓN...

- Compare la situación de la sociedad actual con la descrita en la novela.
- ¿En qué es optimista esta novela?
- Compare la ascensión de la prostituta Naná, la heroína de la novela epónima de Zola, con la de Denise. Para ello, sírvase de este extracto de *Naná*: «Había crecido en un arrabal, en el arroyo Parisiense, y alta, hermosa, de carne soberbia como plana de estercolero, vengaba a los indigentes y a los abandonados, a los cuales pertenecía. Con ella, la podredumbre que se dejaba fermentar en el pueblo ascendía y pudría a la aristocracia» (Zola 1984, cap. VII).
- Explique por qué Zola puede ser considerado moderno.
- ¿Qué hace de Zola un escritor naturalista?
- ¿Qué imagen de las mujeres transmite esta novela?
- ¿Cómo crea el autor ilusión de realidad en esta novela?
- ¿Qué ilustra esta frase: «No eran ya todos ellos sino engranajes que arrastraba consigo la máquina en marcha, obligándolos a abdicar de su personalidad, limitándose a sumar sus fuerzas en un anodino y poderoso falansterio» (Zola 2010, 206)?
- Comente e ilustre con ejemplos las oposiciones que Zola crea en la novela.
- ¿Qué imagen de la mujer (y del hombre en general) transmite esta frase: «La mujer acudía a su establecimiento a pasar las horas ociosas, las horas estremecidas

e inquietas que antes vivía en lo hondo de las capillas: necesario desgaste de pasión nerviosa; renacida lucha de un dios que oponer al marido; incesante renovación del culto al cuerpo con un más allá divino de belleza» (Zola 2010, 637)?

¡Su opinión nos interesa!
¡Deje un comentario en la página web de su librería en línea,
y comparta sus favoritos en las redes sociales!

PARA IR MÁS ALLÁ

EDICIÓN DE REFERENCIA

- Zola, Émile. 2010. *El Paraíso de las Damas*. Traducido por María Teresa Gallego y Amaya García. Barcelona: Debolsillo.

ESTUDIOS DE REFERENCIA

- Adam-Maillet, Maryse. 2000. *Étude sur Zola et le roman*. París: Ellipses.
- Belgrand, Anne. 2000. *Étude sur Émile Zola: Au Bonheur des Dames*. París: Ellipses.

FUENTES COMPLEMENTARIAS

- Zola, Émile. 1998. *La novela experimental*. Madrid: La España Moderna.
- Zola, Émile. 1984. *Naná*. Traducido por J. Zambrano Barragán. Madrid: Sarpe.

ADAPTACIONES

- *El Paraíso de las Damas*. Dirigida por Julien Duvivier, con Dita Parlo, Pierre de Guinpard y Armand Bour. Francia: Le Film d'Art, 1930.
- *Au Bonheur des Dames*. Dirigida por André Cayatte, con Michael Simon, Albert Préjean y Blanchette Brunoy. Francia: Continental-Films, 1943.

EN RESUMENEXPRESS.COM

- Guía de lectura de *La bestia humana* de Émile Zola.
- Guía de lectura de *El Vientre de París* de Émile Zola.
- Guía de lectura de *L'Assommoir* de Émile Zola.

www.resumenexpress.com

ISBN ebook: 9782806281234

ISBN papel: 9782806282347

Depósito legal: D/2016/12603/247

Cubierta: © Primento

Libro realizado por <u>Primento</u>*, el socio digital de los editores*